*Dieses Buch ist für alle Bären, die glücklichen ebenso
wie die traurigen, für alle Kinder um uns herum
und alle, die noch kommen werden.*
B. S. & J. W.

1. Auflage 2019
Text Copyright © 2019 Benjamin Scheuer, Inc
Illustrationen Copyright © 2019 Jemima Williams
Copyright der deutschsprachigen Ausgabe
© 2019 Gerstenberg Verlag, Hildesheim
Die englische Originalausgabe erschien unter dem Titel
Hibernate With Me bei Simon & Schuster, New York.
Aus dem Englischen von Ebi Naumann
Alle deutschsprachigen Rechte vorbehalten
Handlettering: Jemima Williams
Druck und Bindung: TBB, a.s., Banská Bystrica
Printed in the Slovak Republic

www.gerstenberg-verlag.de

ISBN 978-3-8369-6032-8

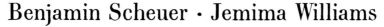

Benjamin Scheuer · Jemima Williams

DU BIST MEIN LIEBLINGSBÄR

Aus dem Englischen von Ebi Naumann

GERSTENBERG

Mal fühlst du dich klein,
mal fühlst du dich dumm.
Mal fühlst du dich ängstlich
und weißt nicht mal warum.

Willst niemand sehn,
nicht Mensch und auch nicht Tier.

Komm und halt den WINTERSCHLAF MIT Mir.

Unter Decken, grün, aus Wiesenmoos,
nehm ich dich in den Arm …

... wo's sicher und gemütlich ist
und angenehm und warm.

Ich hab den schönsten Platz im Waldrevier.

Komm und halt den WINTERSCHLAF MIT Mir.

Manchmal ist man ganz verwirrt
im grausten aller Graus ...

... doch wenn du dich verloren ...

... glaubst ...

... helf ich dir wieder raus.

Wenn im Herbst das Blättermeer
sein Grün in Rot eintauscht,

hängt ein Fisch an jedem Wurm.

Und im Winter, wenn der Wind laut pfeift,
hast du ein warmes Bett,
geschützt vor jedem Sturm.

Wenn im Frühling
Eis und Schnee
langsam sich verziehn,
bist du nicht allein.

Und wird's Sommer,
lass uns tanzen zwischen Klee und Löwenzahn.

Doch willst für dich du sein ...

... dann hab ich unsern Baum für dich,
mein Schatz, was willst du mehr?,

und meine große Liebe,
für dich, mein Lieblingsbär.

Kein Platz ist schöner, Schatz,
kein Platz als dieser hier ...

Liebling, halt den WINTERSCHLAF MIT Mir.

Liebling, halt den Winterschlaf mit mir

Englischer Originaltext
und Musik Benjamin Scheuer
Ins Deutsche übertragen von
Ebi Naumann

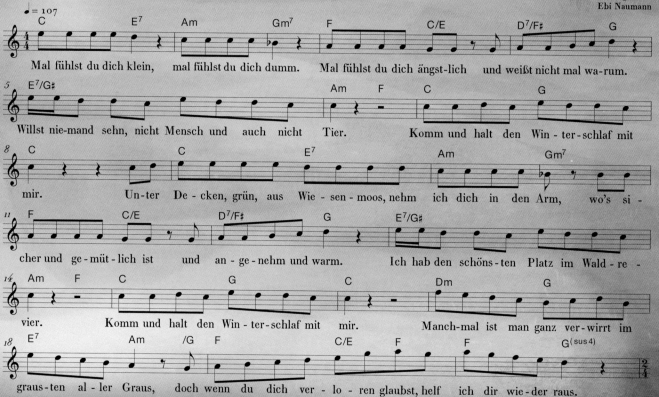